Uległa Fantazja

Erika Sanders

Uległa Fantazja
Erika Sanders

Dominacja i erotyczna uległość

Streszczenie

5

Wzięłam głęboki oddech i powoli go wypuściłam, oblizując suche usta.

Czy panował nad sobą tylko przez godzinę?

A przynajmniej możliwość odejścia?

Słyszałem, jak porusza się po pokoju, włącza telewizor... zdając sobie sprawę, że czeka, aż się ułożę.

Zamknąłem oczy, nie żeby to miało jakieś znaczenie, skoro i tak nie widziałem przez opaskę...

Uległa Fantazja to historia z silnymi erotycznymi treściami BDSM iz kolei należąca również do kolekcji Erotic Domination, serii powieści o wysokiej romantycznej i erotycznej treści BDSM.

(Wszystkie postacie mają ukończone 18 lat)

Uwaga o autorze:

Erika Sanders to znana na całym świecie pisarka, przetłumaczona na ponad dwadzieścia języków, która swoje najbardziej erotyczne teksty, dalekie od jej zwykłej prozy, podpisuje swoim panieńskim nazwiskiem.

Indeks:

Streszczenie
   Uwaga o autorze:
   Indeks:
   ULEGŁA FANTAZJA ERIKA SANDERS
   ROZDZIAŁ I
   ROZDZIAŁ II
   ROZDZIAŁ III
   ROZDZIAŁ IV
   KONIEC
   ULEGŁA
   KONIEC
   NOWA PRACA (DOMINACJA EROTYCZNA) ERIKA SANDERS
   PRZEDMOWA
   NOWA PRACA
   OKUPACJA KRÓLEWSKA

ULEGŁA FANTAZJA
ERIKA SANDERS

ROZDZIAŁ I

– Teraz naprawdę wpakowałeś się w tarapaty.

Prychnąłem cicho.

To był bardzo niekobiecy dźwięk, ale w tej chwili mogłem myśleć tylko o tym, co będzie dalej.

Czy naprawdę czytał między wierszami wszystkich naszych e-maili?

Z czatów online?

Z nocnych telefonów?

Może powinno to być bardziej subtelne.

Tak piszą wszystkie gazety, prawda?

Faceci potrzebują, żebym im mówił, co mają robić.

„Zrelaksuj się, Debi”.

Szept przy moim uchu sprawił, że podskoczyłam.

- Łatwo ci mówić, Harry.

"Cii. Wrócę."

Wzięłam głęboki oddech i powoli go wypuściłam, oblizując suche usta.

Czy panował nad sobą tylko przez godzinę?

A przynajmniej możliwość odejścia?

Słyszałem, jak porusza się po pokoju, włącza telewizor... zdając sobie sprawę, że czeka, aż się ułożę.

Zamknąłem oczy, nie żeby to miało jakieś znaczenie, bo i tak nie widziałem przez opaskę, i pomyślałem o dzisiejszej nocy...

ROZDZIAŁ II

Podniosłem komórkę i wypuściłem powietrze.

Mój palec zawisł nad przyciskiem WYŚLIJ , moje oczy były przyklejone do dwóch słów na ekranie: JESTEM TU.

Wzięłam głęboki oddech i przypieczętowałam swój los, modląc się, żeby moje nerwy się uspokoiły, żebym nie miała już mdłości.

Nie było już odwrotu.

Odgłos spłukiwanej toalety zagłuszył dźwięk pobliskiego telefonu.

Chwilę później drzwi przede mną otworzyły się i moje nerwy zostały wzmocnione.

– Masz zamiar stać tam całą noc? Powiedział cicho.

Głęboki głos dobiegł z oświetlonych drzwi.

Złupić

Nie musiałem już zamykać oczu, żeby to sobie wyobrazić.

Jego szerokie ramiona wystawały nade mną o stopę, owinięte w zapinaną na guziki koszulę z rękawami podwiniętymi do łokci.

Jego obsydianowe oczy wpatrywały się w moje błyszczącym spojrzeniem.

Jego wielkie dłonie ściskały framugę i drzwi, gdy pochylił się w moją stronę.

Nasze ostatnie i pierwsze spotkanie odbyło się tydzień wcześniej na potańcówce o tematyce gangsterskiej i kabaretowej.

Mój własny teren, moi przyjaciele, moja własna strefa komfortu.

Łatwo było zakochać się w jej wdziękach, sposobie, w jaki mnie obejmowała, kiedy tańczyliśmy powoli.

Sposób, w jaki przechylił mój filcowy kapelusz na parking, po czym delikatnie mnie pocałował, jego palce ledwo dotykały mojego policzka.

Sposób, w jaki wyszeptał mi do ucha, że podnieciła go moja decyzja o przebraniu się za gangstera.

Ugięły mi się kolana, gdy naparł na moje biodro, pokazując swoje podniecenie.

Potrzebowałem całej siły, aby wyjść z siebie na najbliższe siedem dni, zwłaszcza w pracy.

Nasze nocne pogawędki przez telefon i internet nie pomogły.

Dlaczego więc tak się bała?

Oddawałem się chwili, o której fantazjowałem przez cały ten czas...

"Debby?" Otworzyła drzwi i wyszła teraz na korytarz z opuszczonymi kącikami ust. "Czy wszystko w porządku?"

Oparłam się plecami o ścianę, ściskając wieczorową torebkę na ramieniu.

To pomyłka.

Nie powinienem był przychodzić.

Co ja sobie myślałem?

Czekaj, nie pomyślałem.

Ja ...

Jego palce musnęły mój policzek, gdy uniósł mój podbródek.

Nie bój się.

"Kto ja?" Mój głos brzmiał chwiejnie i wcale niepewnie, chociaż się uśmiechnęłam.

Jego zmarszczka się pogłębiła.

W jego ciemnych oczach widać było zmartwienie i rozczarowanie.

— Nie chcesz tego zrobić?

„Tak. Nic mi nie będzie".

Odsunąłem się od ściany, maszerując w kierunku jaskini lwa.

Drzwi zatrzasnęły się za mną, sprawiając, że podskoczyłam, gdy rozejrzałam się po otoczeniu.

Był to standardowy pokój hotelowy z jacuzzi po lewej stronie, drążkiem na ubrania we wnęce po prawej i otwartym apartamentem z dwiema lampami i zegarem cyfrowym na małych stolikach po obu stronach pojedynczego łóżka.

Umeblowania dopełniała sofa, stół, dwa krzesła i niska komoda z przykręconym do niej telewizorem.

Niefajne.

Ale to nie była specjalna okazja.

Cóż, nie taki, dla którego wynajmiesz luksusowy pokój hotelowy, jak na miesiąc miodowy.

Ciche prychnięcie wymknęło się z mojej ostatniej myśli.

Nie, nic tak ważnego.

Poczułem szarpnięcie za ramię i zamrugałem.

Moje oczy podniosły się, by spotkać jego, a jego delikatny uśmiech nieco złagodził napięcie.

– Pozwól, że wezmę twoją torbę.

Puściłam pasek i patrzyłam, jak kładzie worek na komodzie pod oświetlonym, ale cichym ekranem telewizora.

Nacisnął przycisk na pilocie i ekran zgasł.

Teraz byliśmy naprawdę tylko we dwoje.

Ciche dźwięki wydawały się teraz wzmocnione.

Cichy syk klimatyzatora.

Brzęczenie światła nad naszymi głowami.

Hałas lodu w maszynie tuż przed pokojem.

Bulgotanie wody w narożnym jacuzzi obok łóżka.

Cóż, może to jednak nie jest taki standardowy pokój hotelowy.

Serce biło mi w uszach.

Starałem się wyrównać oddech, starałem się skupić na całej sytuacji.

W tym, co robił.

Dlaczego to robił.

Wyrwał mi się cichy jęk, gdy pomyślałem o możliwym efekcie końcowym i coś zacisnęło mi się w brzuchu.

„Debbie? Usiądź".

Wziął mnie za rękę i zaprowadził do łóżka.

Moja skóra mrowiła od kontaktu.

Kolana ugięły się automatycznie, a potem oparłem się o krawędź.

Mój niski wzrost utrudniał mi siadanie i dotykanie dywanu.

– Wyglądasz dziś pięknie.

Zamrugałam ponownie i przechyliłam głowę w jego stronę.

Nikt nigdy nie nazwał mnie piękną oprócz moich rodziców.

Jej wzrok skupił się na sukience, którą wybrała na dzisiejszy taniec, czerwonej jedwabnej spódnicy z nadrukiem róż i czarnym staniku bez rękawów, który zapewniał szeroki dekolt.

To był jeden z moich ulubionych, głównie dlatego, że mimo drobnego ciała czułam się piękna.

Na moich ustach pojawił się uśmiech, zadowolony, że jemu też by się to spodobało.

"Przepraszam. Jestem tylko trochę..."

„W porządku, rozumiem to". Usiadł obok mnie, nadal trzymając mnie za rękę.

Przez kilka minut jedynym dźwiękiem, jaki wydawaliśmy, był nasz oddech, jego normalny, mój chwiejny.

Jak możesz być taki spokojny?

Nie odrywałam wzroku od swoich kolan, przełykając ciężko ślinę, jakbym wędrowała po jego kolanach... Zobaczyłam tam lekkie wybrzuszenie.

Od czasu do czasu ściskał moją dłoń.

W końcu, kiedy poczułem spokój, podniosłem oczy na jego twarz.

Patrzył na mnie.

Kąciki jego ust były teraz uniesione.

– Mam zamiar cię pocałować, dobrze?

W odpowiedzi przechyliłam podbródek, a potem jego ręka chwyciła moją szczękę, przyciągając mnie bliżej.

Zamknęłam oczy, gdy jego ciepłe usta dotknęły moich.

Na początku lekko się dotknęli, a potem pchnęli mnie mocniej.

Ścisnęłam jego dłoń, wciągając powietrze, a do moich uszu dobiegły ciche okrzyki zaskoczenia.

Jego ręka zsunęła się z tyłu mojej głowy, a palce zanurzył w kosmykach moich włosów.

Kiedy jego język przyciągnął moje usta, skrzywiłam się.

Kiedy przygryzł moją dolną wargę, westchnęłam.

A kiedy jego język wsunął się do środka, potrząsając moim językiem, jęknęłam.

Harry nadal trzymał moje usta swoimi, aż nasze języki zatańczyły, delektując się sobą, a moje jęki stały się częstsze.

Wyciągnął rękę z mojej i puścił klips, który trzymał moje kasztanowe zmarszczki.

Delikatne fale spływały kaskadą po moich ramionach, szepcząc w moje uszy i policzki, zanim je odepchnęłam, by mocniej trzymać głowę.

Moja ręka znalazła jego udo i ścisnęłam je, wywołując u niego jęk.

Nasze ciała zwróciły się do siebie, nerwy złagodniały, gdy pomógł mi wsunąć się na kołdrę.

Kiedy oparłam się o poduszki, westchnęłam i oczekiwanie zastąpiło niepokój w moich napiętych mięśniach.

Jego palce pieściły moje policzki, czoło i szyję, przeplatając moje warkocze, gdy poruszał ustami na moich.

Był delikatny, ale stanowczy.

Pod kontrolą, ale też bez pośpiechu.

Podniosłem palce, by prześledzić kontury jej szyi, poprzez lekki zarost na szczęce, aż po falujące włosy, podtrzymujące głowę.

Kiedy jego palce zsunęły się na moje ramię, po szerokim ramiączku mojej sukienki i musnęły moje nagie ramię, wstrzymałam oddech w ustach.

Nawet przez sukienkę i stanik czuła ciepło jej dotyku.

Tęskniłam za tym, żeby wziął mnie za klatkę piersiową, żeby trochę złagodził presję, którą czułam odkąd się poznaliśmy.

Było tak blisko, ale wydawało się, że celowo unika tego obszaru.

– Smakujesz tak dobrze. Jego usta ponownie zakryły moje, zanim przesunęły się na mój podbródek, szczękę i za ucho, zanim osiadły na mojej szyi.

Jego nos pieścił mnie, jego język lizał moje ciało.

Wzięłam głęboki wdech i wypuściłam go powoli z jękiem.

"Pachniesz niesamowicie."

Jęknęłam, czując mrowienie skóry, gdy ją niszczył.

„Proszę, nie przestawaj. Mmm.”

„Nie mam zamiaru tego robić”. Jego głos był stłumiony, gdy delikatnie ssał, skubał, a potem lizał, co powodowało ostry ból.

Złapałam go za ramiona, przytwierdzając się do niego.

Jego ciepłe ciało przywarło do mojego boku, zapalając iskry pod moją skórą.

Chciałem położyć to na sobie, ale po prostu nie miałem siły.

Albo odwagi, by przejąć inicjatywę.

Jego usta składały motyle pocałunki na moim ramieniu i w dół gardła.

Kiedy wyszedł, otworzyłam oczy.

Jego oczy były skupione, ale nie na mojej twarzy.

Kontynuowałem jej drogę i sapnąłem, gdy zobaczyłem obiekt jej koncentracji: szybkie wznoszenie się i opadanie moich piersi napierających na granice dekoltu sukienki.

Mój wzrok powrócił na jego twarz w samą porę, by zobaczyć, jak oblizuje usta.

„Jeśli chcesz, żebym przestał, teraz jest czas...”

„Nie, nie nie ”. Zacisnęłam powieki i przeszedł mnie dreszcz na myśl, że to wszystko może się tak szybko skończyć.

Jego jedyną odpowiedzią był cichy śmiech, a potem jego usta znów musnęły moje gardło.

Powoli i metodycznie pokrywały każdy centymetr skóry.

Czasami jego język wystrzeliwał, przyprawiając mnie o dreszcze.

Wstrzymałem oddech kilka razy, gdy poruszał się niżej.

Kiedy jego usta pieściły wypukłą klatkę piersiową, złapałam się za spódnicę, a moje ciało wygięło się w łuk w jego stronę z własnej woli.

Płaski język pieścił stan powyżej rąbka mojego czarnego satynowego stanika i parzyło mnie uczucie wilgotnego ciepła.

Poruszył się, położył rękę na moim brzuchu i odwrócił głowę.

Mój nos zanurzony w jej włosach.

Pachniało trochę jak świeży balsam po umyciu i wypuściłem powietrze z westchnieniem.

Moja koncentracja zmieniła się, gdy poczułam, jak jego palec przesuwa się po krzywiźnie mojego dekoltu, zanurzając się w przestrzeni między moimi piersiami, zanim wsunął się pod brzeg stanika.

Jego język podążył za nim, a z głębi mojego gardła wydobył się jęk.

Moje sutki były tak twarde, że aż bolały.

Jeśli on tylko...

Moje ciało skręciło się, zmuszając go, by zszedł trochę niżej, tam gdzie chciałam.

Tam, gdzie tego potrzebowałem.

Kiedy poruszyłam ręką, dosłownie próbując wziąć sprawy w swoje ręce, by złagodzić ból, on znów się poruszył i chwycił mnie za ramię, unosząc je nad moją głowę.

Podniósł się na tyle wysoko, że uwolnił spod siebie moje lewe ramię i złączył je z moim prawym ramieniem.

Trzymając oba nadgarstki prawą ręką, ponownie zniżył usta do mojej klatki piersiowej i nadal uwielbiał moją teraz płonącą skórę.

- Proszę... och, proszę, Harry... – wymamrotałam mimo jęków, które wydobył ze mnie.

— Czego chcesz Deb? Jego oddech przedarł się przez barierkę stanika i sprawił, że bolało mnie jeszcze bardziej. "Powiedz mi co chcesz."

„Och..." Mój umysł był zamglony i nagle znów poczułem się zawstydzony.

Dlaczego nie możesz po prostu zrozumieć, o co cię proszę?

"To mógłby być?" Jego palce musnęły dolną część mojej klatki piersiowej przez sukienkę, a ja jęknęłam. – Tak, myślę, że tego właśnie chcesz.

Znowu się droczył iw końcu jego dłoń objęła moją klatkę piersiową, delikatnie ściskając.

Kciukiem musnął sutek.

Nawet przez materiał stanika wstrząsnęło to całym moim ciałem.

"O Boże!"

Otworzyłam oczy i wstrzymałam oddech, wpatrując się w sufit, ale nic nie widząc, rozkoszując się faktem, że w końcu dotknął mnie tam, gdzie go potrzebowałam.

Jęknęłam, kiedy podniósł rękę i wsunął palec pod krawędź mojego stanika i przesuwał nim w kółko bezpośrednio po moim sutku.

Ciepło rozlało się i zebrało między moimi nogami.

Świat się uspokoił.

Jego usta musnęły moje ucho, jego oddech płonął i wciąż sprawiał, że drżałam.

Wstrzymałem oddech, gdy jego ręka wsunęła się głębiej w mój stanik, by całkowicie mnie objąć.

Poczułam, jak jego skóra jest trochę szorstka, gdy ugniatał moją pierś, obracając moim sutkiem między kciukiem a pozostałymi palcami.

Odwróciłam się do niego, moje usta szukały jego.

Jęknął, przycisnął swoje usta do moich i ponownie popchnął mnie na plecy.

Poruszałam się pod nim, powtarzając jego jęk, gdy jego język omiótł moje usta i bawił się moim językiem.

Jeszcze raz ścisnął moją klatkę piersiową i cofnął rękę.

Puścił mój lewy nadgarstek, położył dłoń na moim ramieniu i ściągnął ramiączka mojej sukienki i stanika w dół ramienia.

Zimne powietrze musnęło moją teraz nagą klatkę piersiową.

Mój sutek zacisnął się boleśnie.

Brakowało mi tchu, trzęsłam się, kiedy jego palce zsunęły się po moim ramieniu i powoli uniosły je z powrotem nad moją głowę.

Kiedy poczułam, że zawiązuje mi coś wokół nadgarstka, automatycznie się otrząsnęłam.

"Złupić?"

— Tak, Debbie? Zszedł całując moje ramię i klatkę piersiową, ssąc mój sutek do ust.

"Oh!" Zapomniałam, o co miałam go zapytać, moje nerwy oczyściły się dzięki tej prostej czynności i wygięłam się w łuk.

Zachichotał, drażniąc językiem mój sutek, gdy wspiął się na mnie i puścił mój drugi nadgarstek.

Kiedy odkrył moją prawą pierś, przesunął usta w tamtą stronę, kładąc dłoń z powrotem na mojej głowie.

Z trudem przełknęłam ślinę, obserwując, jak zawiązuje mi prawy nadgarstek.

„Jesteś taki seksowny". Jej oczy błyszczały, gdy siedziała obok mnie, wpatrując się w moją nagą klatkę piersiową, moją sukienkę i stanik tuż pod biustem.

Delikatnie pociągnęłam za nadgarstki i przełknęłam napięcie.

Było wystarczająco luzu, aby moje ramiona mogły się zrelaksować na poduszkach, ale nie na tyle, żebym mógł mnie rozwiązać, gdybym chciał.

– Nie sądziłem, że będziesz pamiętał.

Co się stało z moim głosem?

Brzmiało to bardzo chrapliwie.

- Och, pamiętam. Pamiętam wszystko.

Ten leniwy uśmiech, ten głęboki ton, ten nagły ciemny wyraz jego oczu sprawiły, że moje serce zabiło szybciej.

Mój umysł pędził, by przypomnieć sobie wszystko, o czym rozmawialiśmy... i zastanawiałem się, czy zapomniałem o czymś wspomnieć.

Ale straciłam koncentrację, kiedy sięgnął pod moje plecy, rozpiął zatrzaski mojego stanika i rozpiął suwak mojej sukienki.

Nie spuszczałam z niego wzroku, widząc w jego oczach wyraźną fascynację, gdy potrząsał moją sukienką, odsłaniając coraz więcej mojego nagiego ciała.

Wstrzymał oddech, kiedy odsłonił moje czarne satynowe majtki.

Podeszłam do niego , a on zatrzymał się, chwytając mnie za biodra i przesuwając kciukami tam iz powrotem po mojej zakrytej skórze.

Wracając do nagości, satyna mojej spódnicy musnęła moje nagie nogi, a potem odrzuciła sukienkę na bok.

Jego palce przesunęły się w górę moich łydek, do kolan, a potem znowu w dół, by rozpiąć i zdjąć mi pięty.

Ogarnął mnie nagły przypływ złości.

Powoli przejechałem czubkiem języka po górnej wardze i poruszałem biodrami.

— Więc podoba ci się to, co widzisz?

Jego oczy strzeliły do moich i przysięgam, że widziałam w nich błysk ognia.

Nic nie mówił, ale wsunął palce pod rąbek moich majtek i powoli je ściągnął.

Przełknęłam ślinę, zdając sobie sprawę, że naprawdę martwię się , że może mu się spodobać to, co widzi.

Zimne powietrze musnęło mnie i nie mogłam powstrzymać się od ściśnięcia ud, jęcząc i wijąc się, gdy tylko na mnie patrzył.

Kilka razy podniósł rękę, jakby chciał mnie tam dotknąć, ale jego ręka wróciła na kolana.

Chciałbym móc czytać w twoich myślach.

Sięgnął do tylnej kieszeni, a potem pochylił się w moją stronę, muskając usta moimi.

"Czy wszystko w porządku?"

Wzięłam kilka głębokich wdechów, po czym się uśmiechnęłam.

"Tak, wszystko ze mną wporządku."

Jego oczy spotkały się z moimi i odwzajemnił uśmiech.

"Kłamca."

Jego ręce przesuwały się po mojej twarzy.

Miękka tkanina zakryła mi oczy, blokując światło i umocowała elastyczną opaskę na mojej głowie.

Mój oddech się zatrzymał.

Nie mogłem tego uniknąć.

Był poprawny.

Część mnie martwiła się, że poszedłem za głęboko.

Chciałem tego.

Ale kiedy moja kontrola zniknęła, moje nerwy wróciły i przestraszyłem się.

Niekoniecznie Harry, ale to, co by zrobił... lub czego nie zrobił.

Wydawało się, że zrobił to już wcześniej.

Co jeśli nie spełnię Twoich oczekiwań?

ROZDZIAŁ III

Co sprowadziło nas z powrotem do mnie leżącego na łóżku, zupełnie nagiego, z zasłoniętymi oczami i rękami przywiązanymi do wezgłowia.

Harry siedział lub stał w innej części pokoju, słuchając powtórek Prawa i porządku.

Bardzo wątpiłem, czy ogląda telewizję.

Naprawdę czułam na sobie jego wzrok.

I nie było to nieprzyjemne uczucie, kiedy wiesz, że ktoś na ciebie patrzy i zastanawiasz się dlaczego, a potem nerwowo rozglądasz się, próbując zlokalizować winowajcę.

Zamiast tego poczułam ciepło rozlewające się po moim ciele, ciesząc się, że warto na mnie spojrzeć.

Minęło kilka minut, serial trafił do reklamy, aw tle słychać było wyraźne kliknięcie otwierających się i zamykających drzwi pokoju hotelowego.

"Złupić?"

Nie było odpowiedzi.

Starałem się nie panikować, ale nie mogłem nic poradzić na to, że zaciągnąłem pasy.

Nie słyszałem nikogo innego w pokoju, co było dobrą rzeczą.

Ale wciąż...

Moje myśli nie dawały mi spokoju, gdy usłyszałam, że drzwi ponownie się otwierają.

Wstrzymałem oddech, usłyszałem brzęk lodu w szklance i syk otwieranej puszki po napojach.

Ciepło innego ciała musnęło mój prawy bok, a łóżko ugięło się pod ciężarem kogoś siedzącego.

Sapnąłem, gdy zimna dłoń musnęła mój prawy sutek.

"Tęskniłeś za mną?"

Westchnęłam z ulgą, słysząc głos Harry'ego.

„Powiedz mi coś następnym razem!"

- Przepraszam. Nie chciałem cię przestraszyć.

Jego usta musnęły moje.

Wyczułem ogon w jego oddechu.

Nasze języki flirtowały przez chwilę, a potem odchylił się do tyłu.

— Czy powinniśmy zacząć?

Uśmiechnąłem się, opierając się o poduszki.

Usłyszałam, jak odstawił szklankę, a potem zaczął grzebać pod moją głową, opuszczając kołdrę i koce.

Moja skóra zatrzęsła się, dostając gęsiej skórki, kiedy jego ręce otarły się o moje ciało.

Pomogłem, jak tylko mogłem w mojej pozycji, podnosząc moje ciało.

Kiedy już leżała sama na zimnej pościeli, ciężar łóżka znów się przesunął i telewizor zamilkł.

- Nic nie widzisz, prawda?

Pochyliłem głowę do przodu, w obie strony, a potem znów się rozluźniłem.

"Nie nic."

- Więc ciesz się. I ani słowa.

Kiwnęłam głową i zgięłam nadgarstki i palce.

Wiedziałam, że znowu na mnie patrzy, a między moimi nogami narosło ciepło.

Poruszałem biodrami, poruszałem palcami u nóg, a potem skręciłem kostki.

Wszystko, aby mnie rozproszyć.

Moje usta nagle wyschły i oblizałem je, przełykając i stwierdzając, że moje usta również są suche.

Zmusiłem się do normalnego oddychania, nasłuchując jakichkolwiek wskazówek, co może robić.

Klimatyzacja się wyłączyła, a potem słyszałem tylko jej równy oddech.

Ale mimo to nie dotknęło mnie to.

Po kolejnych kilku minutach moje mięśnie rozluźniły się , a nogi lekko się rozchyliły.

Wstrzymał oddech i uśmiechnąłem się.

Zastanawiałem się, czy on się masturbuje, ale z pewnością usłyszałby jakieś oznaki tego.

Już miałam go zapytać, czy wszystko w porządku, kiedy to poczułam.

To był bardzo lekki dotyk, bezpośrednio na moich sutkach.

Jęknąłem, kiedy stwardniały.

Wrażenie przesunęło się w dół, podążając za krzywizną pod moimi piersiami i na boki.

zdecydowanie było piórko, pełnia muskała moją skórę jak najdelikatniejsze opuszki palców.

Przesunął się po moim brzuchu, zarysowując żebra, okrążając pępek.

Moje biodra drgnęły, gdy czubek otarł się o obszar pachwiny, gdzie moja noga łączyła się z moim ciałem.

Wzdrygnąłem się, gruchając.

Powtórzył ruch, przesuwając się nad moim biodrem i powoli z powrotem, podążając za linią miednicy.

Wiłam się, kiedy przesuwał płaską częścią pióra po górnej części mojego lewego uda.

Znowu pojawiła się gęsia skórka i rozłożyłem szerzej nogi, używając stóp, aby zyskać siłę na łóżku, aby się podnieść.

Harry zaśmiał się.

"Cierpliwości, Deb."

Ale przesunął pióro po wewnętrznej stronie mojego uda, poniżej kolana i łydki.

Zaśmiałam się, gdy połaskotał dolną część mojej stopy.

Został zmieniony, aby działał po mojej prawej stronie.

Czułam ciepło jego ciała pochylającego się nad moimi nogami.

Pióro narysowało ten sam wzór na drugiej nodze, ale z tyłu.

Od stopy do łydki, poniżej kolana i przez udo, przez miednicę i żebra.

Wygięłam plecy w łuk i jęknęłam cicho, gdy moje sutki otarły się o podwinięty rękaw jego koszuli.

"Hej, nie oszukuj!"

Uśmiechnąłem się i oblizałem usta, ale zachowywałem się grzecznie i odchyliłem się do tyłu.

Odsunął się i poczułam, jak porusza się nad moją głową.

Pióro przesunęło się od spodu mojej prawej ręki do nadgarstka i musnęło moje palce.

Narysował kręgi na mojej otwartej dłoni, po czym ponownie przesunął się w dół mojego ramienia.

Czubek przesunął się po moim ramieniu, obojczyku i gardle.

Oparłam głowę w lewo o poduszkę i westchnęłam, kiedy rysował wzory na mojej szyi i drażnił moje ucho.

Kiedy wsunął mi długopis pod brodę, przechyliłem głowę na drugą stronę i ponownie westchnąłem, powtarzając te same ruchy na całej szyi, ramieniu, lewym ramieniu i dłoni.

Poruszałem palcami, pióro przesuwało się między nimi.

Wstał, pozwalając mojemu ciału błagać.

Moje palce zacisnęły się, odbijając echem skurcze głęboko we mnie.

Znów oblizałem usta, czując łomot serca.

Na szczęście nie minęło wiele czasu.

Nowe doznanie, chyba jedwabny szal, musnęło moje palce i oba ramiona jednocześnie.

Zakrył mi twarz, powoli zsuwając się po nosie i ustach, by zakryć szyję.

Kiedy dotarł do moich piersi, wygięłam się w łuk, jęcząc.

Pocierał nim tam iz powrotem moje obolałe sutki.

Potem chusteczka pieściła mój brzuch i biodra, krótko muskając miednicę w drodze do ud i stóp.

Powtórzył ten proces w odwrotnej kolejności, ostrożnie zatrzymując się w miejscach, w których jęczał z przyjemności.

A potem chusteczka zniknęła tak szybko, jak się pojawiła.

Słyszałem, jak Harry grzebie w plastikowej torbie, a potem znów leży na łóżku obok mnie.

Rozległo się kliknięcie, które brzmiało jak plastikowa nasadka.

Jęknęłam, gdy coś zimnego pokryło moją lewą pierś.

Jego język lizał mój sutek, zanim wciągnął go do ust.

"Och!" Wygięłam się w łuk, a on posłuchał, przeciągając językiem po mojej klatce piersiowej, jego dłoń złożona i zaciśnięta.

Kiedy najwyraźniej polizał moją lewą pierś, przeniósł się, by położyć się na moim prawym boku i powtórzyć proces.

Czułam pulsujące we mnie ciepło, błagające o dotyk, i jęknęłam.

– Wiem, Deb. Wiem. Ścisnął moją prawą pierś i wyciągnął rękę, by mnie pocałować, zanurzając język w moich ustach. "Mmm."

Spróbowałem czekolady i jęknąłem razem z nią.

Całował mój podbródek i szyję, gładząc moje ramię.

Zimna strużka czekolady spłynęła mi na usta i zlizałam łapczywie.

Jego palec wcisnął się między moje usta, a ja wciągnęłam go głęboko do ust, wycierając go też z czekolady.

Potem chłód przebiegł mi po brodzie i gardle.

Kontynuował przez dekolt między moimi piersiami i okrążył mój pępek.

Jego język i usta podążały za nim powoli, wywołując u mnie dreszcze z podniecenia.

Materace skrzypiały, gdy odchodził, a potem usłyszałem płynącą wodę w łazience.

Wrócił minutę później, powoli przesuwając ciepłą myjką po mojej szyi, piersiach i brzuchu.

Zmiana temperatury sprawiła, że sapnęłam, a moje ciało zmarszczyło się.

Znów położył się na moim lewym boku, kładąc rękę na moim brzuchu.

Masował mnie przez chwilę, jego usta zakrywały mój lewy sutek, delikatnie skubiąc i ssąc.

Próbowałam sięgnąć w dół, by przeczesać palcami jego włosy, ale moje ręce nie mogły go dosięgnąć, przypominając mi, że jestem opanowana.

Zamiast tego uczepiłam się powietrza, próbując przycisnąć go bokiem.

Jego ręka powędrowała w górę i objęła moją klatkę piersiową.

Płakałam od nagłego ugryzienia kostki lodu ocierającej się o mój sutek.

Odsunąłem się, ale nie było dokąd pójść.

Zimna woda ściekała po mojej klatce piersiowej, lód powoli okrążał mój sutek.

Zabolało, ale nagły ból stał się odrętwiająco przyjemny i poczułem, jak gorąco znów rośnie między moimi nogami.

Jęknęłam, próbując się teraz wyrwać, zaciskając pięści.

"Ciś. Ćśś."

Jego wolna ręka ponownie przycisnęła się do mojego brzucha, przytrzymując mnie przy łóżku, gdy ssał mój zdrętwiały sutek, liżąc wodę.

Odsunął się i ciepły ręcznik przykrył moją drżącą klatkę piersiową.

Powinnam być gotowa na to, by przesunął się na moją prawą pierś, ale lodowata kostka lodu w nim wciąż mnie zadziwiała.

Krzyczałam i po raz kolejny jęczałam i odsuwałam się, nie zważając na jego próby uspokojenia mnie.

Ostry ból powrócił, ściskając mój sutek, powodując drętwienie skóry wokół niego.

Kiedy lód się stopił, jego usta zlizały i wyssały wodę, a potem ręcznik ogrzał moją klatkę piersiową.

Moja głowa była teraz rozmazana.

Nie mogłem uwierzyć, jak bardzo była podekscytowana, tym bardziej od czasu leczenia lodem.

Czułem się trochę winny, że cieszyłem się z tego krótkiego bólu.

Wynikająca z tego przyjemność była niesamowita.

Cieszyłam się, że Harry związał mi nadgarstki.

Była pewna, że próbowałaby go powstrzymać, gdyby miała taką możliwość.

Tak w ogóle, jak długo nad tym siedzimy?

Moje myśli wróciły do teraźniejszości, gdy lód wślizgnął się między moje piersi.

Krzyknęłam i wygięłam się w łuk.

Harry chwycił moje boki w dłonie, przytrzymując mnie przy sobie, gdy przesuwał ustami lód w górę iw dół po środku mojego ciała, moje piersi muskały jego policzki.

Poczułam kałużę wody w pępku, rozlewającą się po biodrach.

Nie sądziłem, że moje ciało może przestać się trząść.

Kiedy lód zniknął, jego język zastąpił go, liżąc moją skórę, która teraz skwierczała pod zimną warstwą lodu i wody.

Jego dłonie przesunęły się, by ująć moje piersi, ściskając je, gdy gładził dekolt pośrodku.

Dopiero po chwili zorientowałam się, że leży między moimi nogami.

Od razu podniosłam kolana do jego bioder.

Czuł się tak dobrze wtulony we mnie tam, gdzie najbardziej potrzebował dotyku.

Westchnąłem, czując ciepło jego twardego wybrzuszenia widocznego przez spodnie.

Jego głęboki śmiech wibrował w mojej klatce piersiowej.

„Ok. Rozumiem o co chodzi".

Puścił mnie i odczołgał się od moich nóg.

Poskarżyłem się na nagłą nieobecność, ale jego ręka na moim biodrze uspokoiła moje skręcone ciało.

Jego palce przesuwały się między moimi lokami a gorącą skórą.

Westchnąłem.

Moje nogi znów się rozłożyły.

Jeden z jego palców dotknął mojej śliskiej szczeliny, krótko dotykając mojej łechtaczki.

Zagruchałam, rozkładając szerzej nogi.

Powoli przesunął dłonią po moich zewnętrznych wargach.

Od czasu do czasu moczył palec, przeciągając go od jednego końca do drugiego, co sprawiało, że dyszałam.

Jego dłoń zatrzymała się, obejmując mój wzgórek, a dwa palce nacisnęły, rozchylając opuchnięte usta.

Wstrzymałam oddech, kiedy jego kciuk okrążył moją łechtaczkę.

A potem palec zsunął się niżej.

Bawił się nim, śledząc krawędź mojej niecierpliwej dziurki, zanim przesunął się, by musnąć ściany moich wewnętrznych ust.

Moje biodra drgnęły, próbując już wcisnąć go we mnie.

Jego wolna ręka przycisnęła moje biodra do łóżka, a potem całkowicie gładził moją cipkę.

Nasadka jego dłoni spoczęła na mojej kości miednicy, gdy jego pierwsze trzy palce zsunęły się w dół, w dół doliny i przytuliły się, by musnąć moją łechtaczkę.

I jeszcze raz.

To było wspaniałe uczucie, w końcu sprawić, by mnie dotknął, co trochę zmniejszyło presję, którą czułam.

Moje ręce zacisnęły się, moje ciało wygięło się w łuk, próbując się uwolnić.

Jęknęłam, odrzucając głowę z powrotem na poduszkę, kiedy wsunął we mnie dwa grube palce, a potem ssał mój sutek między zębami.

Jego ręka przyspieszyła, naciskając mocno i głęboko.

Napięcie w moim brzuchu wzrosło i zacisnęłam uda wokół jego dłoni, krzycząc.

Jego ręka zatrzymała się, ale jego palce nadal się poruszały, wciąż schowane między moimi nogami.

Ssał moją klatkę piersiową, gdy zbliżałem się do pierwszego orgazmu.

Kiedy złapałem oddech po cummingu, odsunął się.

Słyszałem, jak ponownie sięga do torby, a potem leżał między moimi nogami, rozchylając moje uda.

Mój oddech znów się zatrzymał, gdy poczułem, jak coś kremowego i zimnego rozprzestrzenia się po mojej cipce.

Skrzywiłam się i przygryzłam dolną wargę, nie mogąc powstrzymać bioder przed wygięciem się w jego stronę.

Jego palce musnęły wewnętrzną stronę moich ud, a następnie przycisnął jeden palec, przesuwając go w górę iw dół mojej cipki.

Przełknęłam ślinę i wzięłam głęboki oddech, tylko po to, by wsunął palec do moich ust.

Moje usta zamknęły się wokół jego palca.

Jęknąłem na smak bitej śmietany z nutą własnych seksualnych soków.

Kiedy ssał jej palec, głaskał go do środka i na zewnątrz, naśladując to, co zrobił już wcześniej na dole.

Nietrudno było pomyśleć, że robił to nie tylko palcami.

Sama myśl o tym, że pokrył moją cipkę bitą śmietaną i najprawdopodobniej zgadywanie, dlaczego, na podstawie ostatnich doświadczeń z czekoladą, sprawiła, że sapnęłam.

Bawił się ze mną już więcej razy, niż mogłem zliczyć.

I chociaż tego wieczoru miałem już wiele nowych doświadczeń, nigdy nie wyobrażałem sobie, żeby chłopak mnie tam lizał.

Poczułam, jak siada na łóżku, nie dotykając mnie.

Warknął, długo i nisko.

To był najseksowniejszy dźwięk, jaki kiedykolwiek słyszałem, i nie mogłem się powstrzymać, żeby go nie powtórzyć.

Dolna warstwa bitej śmietany zaczynała się topić i kapać wokół mojej łechtaczki.

Przesunęłam się, jęcząc cicho, kiedy wcisnął mi więcej bitej śmietany między moje usta.

Nakładałem tam krem do golenia, kiedy próbowałem ogolić cipkę, a teraz uczucie było równie erotyczne, zgniatając i pieszcząc moją wrażliwą skórę.

– Stajemy się trochę wojowniczy, prawda?

Wydałam z siebie niezrozumiały dźwięk zniecierpliwienia, a on się roześmiał.

Kochałam jego śmiech tak samo jak jego seksowny warkot.

Walczyłam z przełykaniem, kochając to, co robił ze mną psychicznie i fizycznie, pomimo mojej przerywanej frustracji.

Harry przesunął palcami po mojej lewej piersi, wzdłuż ciężkiej krzywizny poniżej, po łagodnych falach u góry, zarysowując otoczkę.

Objął i masował moją klatkę piersiową.

Jego kciuk i palec wskazujący uszczypnęły mój sutek.

Zagryzłam wargę, żeby nie krzyknąć.

Delikatnie potarł twardy guzek z boku na bok, a potem przycisnął do niego dłoń, łagodząc ostry ból.

Jego ręka zsunęła się po środku dekoltu i musnęła moją prawą pierś.

Jego palce znów mnie dotknęły, elektryzując moją skórę, wysyłając nowy ogień między moje nogi.

Kiedy uszczypnął mnie w sutek, przekręciłam się na niego, chcąc, żeby znów położył na nim moje usta.

"Bardzo rozsądne."

Jego oddech musnął mój policzek, jego język musnął moją szczękę, a potem spełnił moje życzenie.

Jego usta zamknęły się na moim sutku i delikatnie zasysały ostry ból, który stworzyłam.

Kołysałam się z boku na bok, jęcząc.

Czułam, jak bita śmietana przykleja się do moich ud i zastanawiałam się, czy zapomniałam.

Nie chciałam, żeby przestał lizać moją klatkę piersiową, ale nagle zapragnęłam, żeby spadł.

Chciałem wiedzieć, jakie to uczucie, gdy jego język drażni mnie tam, tak jak drażnił się z moim sutkiem.

Jak by to było, gdyby czubek jego języka wciskał się we mnie, jego zęby wgryzały się w moją śliską skórę.

Ponownie przejechał płaską częścią języka po moim sutku, a następnie zsunął się po moim ciele, całując, skubiąc i liżąc każdy cal mojej skóry po drodze.

Po chwili leżał między moimi nogami.

Pocałował mnie w biodra, a potem przesunął językiem po połączeniu moich nóg z miednicą.

Dodał nową warstwę bitej śmietany, a potem jego ramiona owinęły się pod moimi udami i rozchyliły.

Jęknęłam , moje ciało lekko się zatrzęsło.

Poczułam jego gorący oddech na moich miękkich lokach.

Płakałam, kiedy wysunął język i dotknął mojej łechtaczki.

Rozłożyłem nogi szerzej , a on podniósł moją nagą cipkę bliżej ust.

Jego język znów mnie polizał, a ja jęknęłam z ulgą.

Jego palce masowały moje uda, gdy lizał głębiej wzdłuż mojej cipki.

Usłyszałam miękki dźwięk jego języka liżącego mieszankę mojej wilgoci i rozsmarowanej kremowej polewy.

Jego język był wszędzie, nie brakowało mu żadnych szczelin.

To był powolny i kręty proces i modliłam się, żeby szybko się nie skończył.

Puszczam, moje biodra drżą pod jego ustami.

Kiedy ssał moją łechtaczkę, znowu krzyknęłam.

Kiedy przycisnął do mnie czubek języka, jęknęłam.

Nie mogłem się nim nacieszyć.

A ja chciałam go dotknąć bardziej niż kiedykolwiek.

Przekląłem swoje ograniczenia... a one wciąż podnosiły poziom pobudzenia w tym samym czasie.

Nigdy nie miałem tak różnych uczuć, które przeszły przeze mnie naraz.

Doszedłem po raz drugi, kiedy jego palec ponownie wsunął się we mnie.

Gładził mnie przez mój orgazm, jego usta wciąż przylegały do mojej łechtaczki, a jego gorący oddech mieszał się z moim własnym ciepłem i wilgocią.

Schodziłem z orgazmu, kiedy poczułem kostkę lodu i krzyknąłem.

Wepchnęłam go do siebie i zimna woda popłynęła między moimi pośladkami.

Jego palce nacisnęły, trzymając lód na miejscu, pozwalając, by moje ciepło go stopiło.

Poczułam, jak moje mięśnie napinają się wokół jego palców, a on powoli je głaskał w tym samym czasie, co moje krzyki.

Kolejna kostka lodu dołączyła do sceny, tym razem na mojej łechtaczce.

Wpadłam w kolejny orgazm, moja głowa kołysała się między uniesionymi ramionami, czując lód i jego palce pieszczące mnie.

Jego usta ponownie polizały moją cipkę, gdy wiłam się pod nim.

W jakiś sposób moje palce zdołały chwycić poduszkę.

Wydaje mi się, że wykrzyczałem jakieś przekleństwa, ponieważ Harry zachichotał i powiedział o mnie coś w stylu „jesteś niegrzeczną dziewczynką", a dźwięk wibrował na mojej skórze.

W końcu zaoferował mi ulgę i odszedł, opuszczając moje nogi na łóżko.

Dyszałem, oczy miałem zaciśnięte.

Moje ciało płonęło, jakby nic, co do tej pory zrobiłem, całkowicie go nie usatysfakcjonowało, a mimo to czułem się wyczerpany.

Jego usta zakryły moje.

Udało mi się znaleźć siłę, by odwzajemnić pocałunek, smakując i wąchając własne słodkie piżmo na jego ustach.

ROZDZIAŁ IV

Musiałem zasnąć, bo moją następną myślą było zastanowienie się, dlaczego leżę twarzą do brzucha.

Moje nadgarstki wciąż były przywiązane do wezgłowia łóżka, nad moją głową.

Wciąż miałem zasłonięte oczy i wciąż nagi, ale się odwróciłem.

Westchnęłam, czując, jak moje piersi przyciskają się do ciepłego prześcieradła, a moja twarz wtulona jest w poduszkę, która leżała między moją głową a ramionami.

Mógł teraz dosięgnąć drewnianych listew przy wezgłowiu.

Złapałam je lekko, czując na poduszce zapach mojego potu i perfum.

Już miałam zadzwonić do Harry'ego, kiedy poczułam ciepłą ciecz na moich łopatkach, a potem wrażenie dłoni rozprowadzających ciecz po mojej skórze.

Pachniało lawendą.

„Witamy z powrotem Deb. Zdrzemnęłaś się". Pochylił się i pocałował mnie w policzek. – Wykorzystałem sytuację i zmieniłem cię. Dobrze się czujesz? Bolą cię ramiona?

Uśmiechnąłem się i mruknąłem:

"Nie, jest ok".

"Dobrze."

Pocałował mnie ponownie, a potem zaczął masować plecy i ramiona.

Jego palce ślizgały się po skórze z powodu oleju.

Jego ręce delikatnie naciskały i szarpały moje mięśnie, wywołując jęki i westchnienia z głębi mnie.

Miałem już kilka masaży, ale żaden nie był aż tak zmysłowy.

Podnieciło mnie to bardziej niż złagodziło nagromadzone napięcie.

Jego palce przesunęły się do podstawy mojej głowy, masując skórę głowy i za uszami.

Oddychałem powoli, przypominając sobie, gdzie jeszcze masowały mnie te palce.

Kiedy skończył z moją szyją, podniósł ręce do moich dłoni.

Nasze palce splecione, poplamione olejem.

Ścisnął moje ręce i wrócił do moich pleców i boków.

Wzdrygnęłam się, gdy jego palce musnęły moje piersi, rozcierając olejek wokół klatki piersiowej tam, gdzie mógł sięgnąć palcami.

Jęczałam teraz, czując ciężar jego ciała między nogami, naciskając na mój tyłek.

Skrzywiłam się, kiedy poczułam, jak jego wybrzuszenie twardnieje, ale cofnął się, pracując teraz z moimi nogami.

Jęknąłem, chowając twarz w poduszce, aby stłumić dźwięk.

Skończył moje stopy i powoli zsunął ręce z tyłu moich nóg, na pośladki, naciskając tył mojej talii, biodra i boki.

Jego palce znów musnęły boki moich piersi, a potem położył się na mnie z ustami na mojej szyi.

Odgarnął moje włosy do tyłu i przygryzł prawy płatek ucha, przez co jęknęłam.

Westchnąłem i przysunąłem do niego swój tyłek, czując w zamian jego twardość.

Nie chciała błagać i zgodziła się nic nie mówić, ale pomimo masażu było jej gorąco i niewygodnie.

Potrzebował więcej.

"Złupić?" Jęknęłam i ponownie się wygięłam.

— Tak, Debbie?

Brzmiało to zabawnie.

Jakby na to czekał.

Nacisnął na mnie.

warknąłem.

"Proszę?"

Polizał moją szyję.

"Proszę to?"

"Proszę..."

"Hmm?" Wstał, usłyszałam szelest jego ubrania, a potem usiadł obok mnie, opierając gołym udem o moje ramię.

Jego dłoń gładziła moją dolną część pleców, gładząc mój tyłek.

— Czego chcesz Deb?

Przez chwilę nie mogłem oddychać, wiedząc, że jego kutas tam jest.

Jęknęłam, po czym przygryzłam dolną wargę.

"Daj mi zobaczyć."

Zdjął opaskę z oczu i musiałem kilka razy zamrugać, żeby przyzwyczaić się do światła.

Zauważyłem jego nagie ramię i tatuaż z drutu kolczastego, który otaczał jego lewy biceps.

Moje oczy powędrowały w dół i poczułam, jak coś głęboko we mnie skręca się z pożądania, kiedy zobaczyłam jego penisa, twardego i grubego na jej udzie.

Wskazywał dokładnie na mnie, a jego głowa była jaskrawoczerwona.

Wstrzymałem oddech i odwróciłem twarz do poduszki, ponownie chwytając listwy wezgłowia.

"To wszystko?" Jego ręka zsunęła się niżej, pieszcząc wnętrze moich ud.

Wiłam się, jęcząc.

"NIE."

„Czego jeszcze chcesz Deb?" Jego głos był cichszy, bardziej ochrypły.

Zmusiłem się do przełknięcia i zamknąłem oczy.

"Ty. Pragnę cię. Proszę."

"A) Tak?" Jego palce prześlizgnęły się przez moją wilgoć, ocierając się o moją łechtaczkę.

Westchnęłam, otwierając oczy.

Jakimś cudem udało mi się odzyskać głos.

"Chcę więcej."

Pogłaskał mnie powoli.

Jego palce wbiły się we mnie.

"A) Tak?"

"Chcę więcej."

Z trudem podciągnęłam kolana, rozłożyłam szerzej nogi i poczułam go głębiej.

"Co powiesz na to?" Jego głos był gorącym szeptem w moim uchu.

Jęknęłam, gdy poczułam, jak przyciska do mnie swojego penisa, gładząc go w przód iw tył między moimi zewnętrznymi wargami.

— Och, proszę, tak!

„Co mam teraz zrobić, Deb?"

Mój język zamarł.

Po prostu myślałem o brudnych rzeczach w mojej głowie.

Nigdy nie wyobrażałam sobie, że wypowiem takie słowa na głos.

Aż do teraz.

Ale nie mógł ich wypowiedzieć.

po prostu nie mogłem...

Pochylił się nad moimi plecami, jego penis spoczywał między moimi pośladkami i szepnął mi do ucha:

„Chcesz, żebym cię pieprzył , Debbie? Czy chcesz, żebym robił to naprawdę powoli?"

Zakrztusiłem się, a potem skinąłem głową z taką wściekłością, że z wysiłku rozbolała mnie szyja.

Zachichotał, usiadł z powrotem i chwycił moje lewe biodro swoją silną ręką.

Czułem, jak porusza swoim kutasem, aż spoczął między moimi zewnętrznymi wargami.

Ciśnienie wzrosło.

Całe moje ciało napięło się.

Bawiła się zabawkami wiele razy, więc przyzwyczaiła się do wielkości jego penisa.

Ale tylko wyobrażałem sobie, jak by to było poczuć ją naprawdę we mnie.

Mimo podniecenia i rozwarcia nadal martwiłam się bólem.

Wepchnął moje kolana w swoje, a one zsunęły się jeszcze głębiej na pościel.

Nacisnął jeszcze raz i tym razem wszedł.

Znowu się zakrztusiłam, chowając twarz w poduszce, udając, że to jego palce zamiast penisa, żebym mogła się zrelaksować.

I tak jak obiecał, bardzo powoli, cal po calu, wszedł w moją gorącą, mokrą cipkę.

Nie mogłem uwierzyć w to uczucie.

Nie było bólu.

Zamiast tego było silne, pulsujące ciepło.

I przyjemność.

Och, co za przyjemność!

Myślałem, że to nigdy się nie skończy, a potem tak się stało i oboje staliśmy bardzo nieruchomo.

— Wszystko w porządku, Deb?

Jedna ręka nadal trzymała moje biodro

Drugi pieścił moje plecy.

Udało mi się powiedzieć „tak".

Mógł sobie tylko wyobrazić naszą scenę erotyczną: ja na czworakach, moje nadgarstki przywiązane do łóżka, mój tyłek uniesiony w jego stronę.

Ukląkł za mną, jego kutas był głęboko we mnie, ręce na moich biodrach.

Przebiegły mnie dreszcze.

Nigdy nie wyobrażałam sobie, że jestem uległa... aż do dzisiejszej nocy.

Zaczął się wycofywać.

Szedł powoli, trochę na zewnątrz, z powrotem do środka; Wysunął się jeszcze trochę, aż do momentu, gdy zsunął się tak, że w środku pozostała tylko głowa jego członka.

To było imponujące przeżycie i mogłem tylko wydawać krótkie westchnienia przyjemności, kiedy się poruszała.

Jego dwie ręce chwyciły teraz moje biodra i powoli pieprzył mnie do środka i na zewnątrz, kołysząc moim ciałem w przód iw tył opierając się o niego.

Złapał rytm, a ja z własnej woli poruszałem się tą samą drogą.

Kiedy pchnął do końca, zatrzymując się na dodatkowe głębokie pchnięcie, zakopując swoje jądra na moim tyłku, jęknęłam głośniej.

Straciłem poczucie czasu, ciesząc się wrażeniami:

Jego ręce na moim ciele.

Jego kutas we mnie.

Tępy dźwięk, gdy wsuwa się w moją cipkę.

Serce biło mi w głowie.

Nasz ciężki oddech.

Nie wiem, czy coś powiedział, ale byłam tak skupiona na rosnącym we mnie ciśnieniu, że chyba bym go nie usłyszała, gdyby to zrobił.

Nie przez cały czas zwiększał prędkość .

W ten sposób całe doznanie zostało zintensyfikowane, uzyskana przyjemność.

Przesunął się nieznacznie, prawdopodobnie po to, by zmniejszyć nacisk na kolana.

Nie miało znaczenia, dlaczego to zrobił, ale on również wszedł do środka , a ja krzyknęłam, zdając sobie sprawę, że trafił w mój punkt G.

Zatrzymał się w odwrocie.

„Debbie? Czy cię skrzywdziłem? Wszystko w porządku?"

"Tam!" To wszystko, co mogłam powiedzieć, oddech uwiązł mi w gardle, w milczeniu nakłaniając go, by kontynuował.

Chwyciłem listwy na wezgłowiu i próbowałem go odepchnąć, ale powstrzymały mnie jego ręce.

Pchnął do przodu, a ja krzyknąłem, kiedy uderzył go ponownie.

"Tam!"

„Ach. Rozumiem, Deb. Rozumiem".

I zrobił.

W kółko wsuwał się głęboko w to idealne miejsce.

Krawędź była coraz bliżej.

A potem przewróciłam się, krzycząc przez całą drogę.

Opadłam z powrotem na łóżko, ale on nadal mnie głaskał, szepcząc słowa zachęty.

Ledwo rozumiał, co mówi, ale jego głęboki głos był kojący.

Poczułam jak jego dłonie mocniej mnie ściskają.

Jego biodra uderzyły w mój tyłek, gorący prąd wszedł we mnie głęboko do środka, płakałam razem z nim, a potem znieruchomieliśmy.

Co zaskakujące, znowu zaczął mnie głaskać, tak samo wolno jak poprzednio, a ja dostałam kolejnego orgazmu.

Kiedy drżałem pod nim, Harry sięgnął nade mną i rozwiązał moje nadgarstki.

Upadłem na bok.

Przyciągnął mnie z powrotem do swojej klatki piersiowej, wciąż we mnie.

Łzy napłynęły mi do oczu, gdy jedną z jego dłoni zakrył moją klatkę piersiową i pogłaskał mnie.

Jego druga ręka opadła na mój wzgórek, jego palce przesunęły się między moimi udami, by pomasować moją łechtaczkę.

I przyjechałem po raz piąty.

W pewnym momencie odsunęłam jego ręce.

Poczułam, jak jego kutas wysuwa się ze mnie i opiera o moją nogę.

Rozłożył pocałunki wzdłuż mojej łopatki i przytrzymał mnie w pozycji łyżki do siebie.

Kiedy wróciłem do rzeczywistości i złapałem oddech, odwróciłem się, żeby na niego spojrzeć.

Jego ramiona otoczyły mnie i przyciągnęły bliżej.

- Nie korzystaliśmy z wanny z hydromasażem – wymamrotałam w jego ramię.

- Co, za mało przyjemności jak na jedną noc? Zaśmiał się i przycisnął usta do mojego czoła, odgarniając mi włosy za ucho. – Wymeldowanie jest dopiero jutro w południe. Mamy więc dużo czasu.

Odchyliłam głowę do tyłu, by móc spojrzeć w jego ciemne oczy.
Wyglądały na ciężkie, tak senne jak moje.
Udało mi się ukryć ziewnięcie uśmiechem.
„Dobrze, bo brakuje mi zemsty, a jestem suką".

KONIEC

47

ULEGŁA

49

Chcę ciebie.

Wszystko o tobie.

Od stóp do głów i wszystko pomiędzy.

Twoje ciało, twój umysł, twoja dusza.

Skazy, których nienawidzisz, a ja nie.

Kocham każdą część ciebie, taką jaka jesteś.

Zwłaszcza ten tyłek.

Chcę być z tobą.

Cały czas.

Nie ma znaczenia, gdzie jesteś.

Mój umysł wędruje, wywołany przez myśl lub obraz.

Piosenka.

Twoje inicjały na tablicy rejestracyjnej.

Proste słowo wypowiedziane mimochodem, które ma szczególne znaczenie dla was obojga.

Nieznajomy, który nosi włosy jak ty.

Ubierz się jak ty.

Chcę usłyszeć twój głos.

Kiedy nazywasz mnie swoimi imionami.

Powiedz mi, że mnie kochasz, tęsknisz za mną.

Opisz jak minął Ci dzień.

Zapytaj mnie o moje i wyraź swoją opinię.

Podziel się tym, co robimy lub planujemy.

Nawet przyziemne.

Uwiedź mnie późno w nocy, kiedy leżę nago w łóżku w ciemności, a ty jesteś daleko.

Bądź dla mnie surowy, kiedy się rozpieszczę i dąsam się, żeby odłożyć słuchawkę do spania lub przygotować cię do pracy.

Chcę zobaczyć twoje wnętrze otwarte na piśmie.

Delektuję się każdą nową wiadomością i zdjęciem.

Przeglądam wcześniejsze rozmowy.

Pamiętam, że kiedy nie jesteśmy fizycznie razem, wciąż o mnie myślisz.

To może być tam za dotknięciem palców.

Twoje słowa są mocne, chociaż nie ma dźwięku; Dotykają mnie w tle, jakbyś powiedział mi je bezpośrednio do ucha.

Chcę omówić z tobą moje powieści.

Proszę, daj mi pomysły, gdy będziemy przeprowadzać burzę mózgów na temat fabuły i imion postaci.

Wyeliminuj problematyczne obszary.

Zawroty głowy od komentarzy i opinii fanów.

Uspokój mój gniew i zakłopotanie, gdy czytelnicy bez twarzy i bez serca krytykują moje opowiadania bez powodu.

I kontynuuję pisanie kolejnego dnia z twoją zachętą.

Chcę być przez ciebie oswojony.

Gotować i zajmować się domem.

Załatwiaj sprawy.

Idź potańczyć, obejrzeć film i wybrać się na wycieczkę.

Po prostu przytul się i zdrzemnij się na kanapie w deszczowy weekend.

Dzwoniąc do mnie chętny do kochania się pod stosami koców w łóżku przez cały dzień.

Śpiąc w nocy w swoich ramionach, a rano budząc się obok siebie.

Prysznic razem.

Uprawiać seks na zgodę, kiedy się kłócimy.

Chcę być przez ciebie całowany.

Wielokrotnie.

Zarówno czule, jak i gwałtownie.

Wiesz, jak się ze mnie naśmiewać.

Zaspokój mnie.

Obudź mnie swoimi ustami, zębami i językiem.

Żebym płakała i jęczała.

Błagać.

Moje ciało drży.

Chcę robić z tobą perwersyjne rzeczy.

Uczestniczyć w posiłkach i imprezach.

Zdobywaj przyjaciół w swoim stylu życia.

Weź udział w grach seksualnych na imprezach.

Odkryj więcej sekretnych życzeń.

Uwolnij nasze zahamowania.

Poznaj nasze ciemniejsze strony.

Zabieranie się nawzajem na szczyt wzlotów, a następnie pocieszanie się nawzajem, gdy spadamy do najniższego z dołków.

Chcę być przez ciebie zdominowany.

Warknął, bo jestem twój.

Sprawiasz, że mój puls przyspiesza, a oddech zatrzymuje się, kiedy słyszę twoje rozkazy.

Cichy lub nagły, obie sytuacje sprawiają, że się rumienię.

Naprawdę chcę, żebyś przygwoździł mnie do ściany z kutasem między nogami, przyciśniętym do mojej cipki.

Że każesz mi się pieprzyć... by przychodzić tylko wtedy, gdy tak każesz.

Nie mam wyboru i muszę się poddać, kiedy torturujesz moje uszy, szyję i piersi swoimi ustami.

Lub kiedy czuję twoje ręce na moim ciele, kiedy ty domagasz się swoich.

Moja klatka piersiowa pęcznieje z dumy, kiedy mówisz, że jestem „dobrą dziewczynką", robiąc to, co chcesz.

Chcę być przez ciebie związany.

Fizycznie.

Umysłowo.

Rękami, kajdankami lub linami.

Moje nadgarstki trzymane w twoim uścisku nad moją głową lub przymocowane do wezgłowia łóżka.

Ograniczone nogi, razem lub osobno.

Moje ruchy i odruchy kontrolowane.

Jakakolwiek szansa na dotknięcie cię wyeliminowana.

Opaska na moich oczach, żebym nie widział, co zamierzasz mi zrobić.

Chcę być przez ciebie pieprzony.

Naga i przytłoczona twoim ciałem, kiedy mnie odsuwasz.

Stojąc wolny od ograniczeń bez dotykania któregokolwiek z was, używając tylko twoich słów, abym się wił i jęczał, podczas gdy pysznie rujnujesz mój umysł.

Lub proste, lekkie dotknięcia, które wywoływały wielokrotne orgazmy bez względu na to, gdzie gładzisz moje ciało.

Chcę, żebyś mnie wykorzystał.

Przeciąganie z miejsca na miejsce do woli.

Przytłoczony, kiedy walczę.

Mój goły tyłek walił, kiedy mnie trzymałeś.

Moje zabawki użyte na mnie... przez ciebie.

Twoja ręka chwyta moje włosy na karku.

Naciskając lekko na moim gardle, gdy patrzysz mi w oczy.

Żeby mi przypomnieć, kto tu rządzi.

Chcę przestrzegać twoich zasad.

Kiedy jesteś poza moim zasięgiem, dają mi coś, na czym mogę się skupić.

Są one definiowane z myślą o moim najlepszym interesie.

Wiem, że zostaniesz odpowiednio ukarany, jeśli je złamię.

Że ufasz mi, że będę z tobą szczery, kiedy nie będę ci posłuszny.

Chcę, żebyś mnie pocieszył.

Przytulony do ciebie, kiedy jestem przytłoczony lub mam zły dzień.

Moje włosy pieściły i całowały, a moja głowa leżała pod twoim podbródkiem na twojej klatce piersiowej.

Uspokojony twoimi słowami i twoimi ramionami wokół mnie.

Kołysany, aż łzy się zatrzymają.

Chcę się tobą zaopiekować.

Aby cię przytulić, gdy jesteś smutny, zmęczony lub chory.

Będę twoją siłą, kimś, na kim możesz się oprzeć, bo nawet Dom może mieć chwile słabości.

Jako twój zastępca, jestem tu dla ciebie w każdej sytuacji, w której mnie potrzebujesz.

Aby cię zadowolić lub złagodzić twój ból.

Chcę tych wszystkich rzeczy i więcej.

Ponieważ jestem uległa w ten sposób.

jak ty dominujący ...

KONIEC

NOWA PRACA
(DOMINACJA EROTYCZNA)
ERIKA SANDERS

PRZEDMOWA

Robert jest dojrzałym, odnoszącym sukcesy biznesmenem, żonatym, ma syna w wieku Susan.

Ich rodziny są bliskimi przyjaciółmi od wielu lat, a on patrzył, jak wyrasta na uroczą młodą kobietę.

Zawsze okazywał dziewczynie otwartą przyjaźń i przez lata dawał jej do zrozumienia, że ją kocha.

Potajemnie ich przyjacielski związek i zamiłowanie do dziewczyny skrywały wiele mrocznych pragnień, bez szans na ich spełnienie.

Jej całkowite poddanie się jemu było jedynym marzeniem w jej najczarniejszych myślach, które chciała spełnić.

Susan to dziewczyna, która niedawno ukończyła studia, z dyplomem biznesowym w ręku i chętna do poznawania świata.

Wkrótce rozpocznie swoją pierwszą prawdziwą pracę, posadę zaproponowaną przez Roberta, przyjaciela rodziny, z szacunku dla ojca i uznania dla jego umiejętności.

Ale także, nieznany jej, podsycany jego pragnieniem posiadania jej.

Jest miłą, zmysłową, ale słodką dziewczyną, która od pierwszego roku studiów ma tego samego chłopaka, Petera.

Są poszukiwaczami przygód, ale nigdy nie zakłócają swojego świata.

Wie, czego chce lub myśli, że wie, ale tak naprawdę jest dość posłuszna, pozwalając innym kierować jej ścieżkami życiowymi.

NOWA PRACA

Stoi przed budynkiem, wpatrując się w stalowo-szklaną fasadę.

Obserwuj wszystkich zadbanych mężczyzn i kobiety wbiegających i wyjeżdżających z podjazdu.

Patrzy na swój garnitur z krótką spódniczką, wznawia tempo i wchodzi.

Czuje się mała i trochę onieśmielona przez mężczyzn górujących nad jej metr osiemdziesiąt wzrostu, kiedy wchodzi do windy i wchodzi do firmy swojego nowego pracodawcy.

Rozglądając się, widzi go w recepcji rozmawiającego z bombą w postaci blondynki i śmiejącego się zalotnie , jego uśmiech rozjaśnia jego twarz, gdy odwraca ją w jej stronę.

Czerwieni się bez powodu i podchodzi do niego, stukając obcasami o kafelki na podłodze.

Jego ramię obejmuje opiekuńczo jej ramiona, gdy przedstawia ją dziewczynie przy biurku.

"Aniu, to jest moja mała Susy!"

Rumieni się, potem prostuje i wyciąga rękę.

"Cześć, właściwie mam na imię Susan, miło mi cię poznać."

Kieruje ją ze stałą ręką na ramieniu do różnych działów i innych kierowników.

Przedstawia ją jako Susan, za co jest wdzięczna i że chce pokazać się z jak najlepszej strony w tym świecie wielkiej rywalizacji.

Pozostaje blisko niego przez cały ranek, próbując zapamiętać mnóstwo imion, zanim w końcu zaprowadzi ją do swojego biura.

Pokazuje jej biurko w przedpokoju, które będzie jej przez większość czasu, kiedy tu będzie.

Odkłada torbę i delikatnie przesuwa palcami po dobrze dobranych meblach.

Jest prowadzona do jego biura, gdzie macha jej ręką na bogate ciemne meble, wszystkie ze skóry i mahoniu.

– A tu pracuję.

Opuszczając ją po raz pierwszy, siada przy biurku.

Czuje się dziwnie samotna, stojąc przed nim w tym wielkim biurze.

Biorąc kilka kluczy, mówi dalej:

„Po lewej stronie, za pokojem rekreacyjnym, znajdziesz drzwi do małej kuchni. To często zabawia klientów. Lodówka barowa powinna być zawsze zaopatrzona w to, co jest na liście, plus menu". Musisz nauczyć się gotować wszystkie potrawy, na wypadek gdyby kucharz nie był dostępny, wpiszę to do twojego programu treningowego".

Szybko ruszył za nią, pchając ją w stronę drzwi i otwierając je.

Z szeroko otwartymi oczami i z podziwem dla wielkości firmy i posiadanych przez nią biur , wszystko, co może zrobić, to głupio skinąć głową.

„Tak będzie".

– Tak, proszę pana – mówi z uśmiechem, ale surowość w jego głosie nią wstrząsa.

"Tak jest ". Odpowiada automatycznie.

Biorąc ją pod ramię, wychodzi z kuchni i prowadzi ją do innej wnęki z drzwiami na tej samej ścianie.

- A to jest moja prywatna łazienka, możesz z niej korzystać, ale tylko za moim pozwoleniem, rozumiesz Susy?

Znów bez słowa kiwa głową na przepych tej łazienki, odzyskując siły , gdy czuje, jak sztywnieje, jąkając się:

"Tak jest".

Uśmiecha się na jej uległość.

– W razie potrzeby skorzystasz z toalety dla personelu na końcu korytarza, a mnie tu nie ma.

Tym razem jest szybsza.

"Tak jest".

Po drugiej stronie pomieszczenia dwie podobne wnęki z drzwiami, które im pokazuje.

„To jest prywatna sala konferencyjna", patrzy szybko, gdy ją pośpiesza, „... i tutaj odpoczywam, jeśli muszę spędzić noc w mieście".

Pokój był ciemny z przebłyskiem dużego łóżka z baldachimem i dziwnych ławek w wielkim pokoju.

Ledwie zdążyła to zarejestrować, zanim drzwi się za nią zamknęły.

Zabiera ją z powrotem do swojego biurka, włącza komputer i pokazuje osobistą usługę przesyłania wiadomości ze swojego biura do komputera, który powinien być zawsze włączony i otwarty.

Zadowolony z odpowiedniego „Tak" we właściwym czasie i ze swojej naturalnej skłonności do bycia pomocnym, zostawia ją przy biurku, aby zapoznała się z nowym otoczeniem.

Testuje jej uważność, wysyłając jej krótkie wiadomości błyskawiczne i uśmiecha się na jej natychmiastowe odpowiedzi, gdy czyta zadania i różne harmonogramy na swoim biurku.

OKUPACJA KRÓLEWSKA

Był cierpliwy i miły, gdy zapoznawała się z nową pracą w jego firmie.

Często rozmawiał z nią przez komunikator w czasie, gdy nie była na spotkaniach lub z dala od firmy, wypytując ją o rodzinę, przyjaciół, jak idzie z jej chłopakiem, sprawiając, że czuje się jak ona. i szczere zainteresowanie swoim życiem.

Podczas pierwszych pracowitych tygodni jej szkolenia poświęcał czas, aby się z nią kontaktować i w razie potrzeby dostosowywać jej harmonogram, stając się jej mentorem, przyjacielem, a czasami surową postacią ojca.

Żartował z nią, grał w gry i przyjaźnie rozmawiał .

W miarę upływu czasu rozmowy stawały się coraz bardziej intymne.

Grali w prawdę czy wyzwanie, często na komputerze, aw grze ich pytania stawały się bardziej osobiste i bezpośrednie.

Potem przerwał, czytając ostatnią odpowiedź.

Spodziewał się, że coś takiego się wydarzy, ale nigdy tak naprawdę nie spodziewał się, że to się stanie.

Tutaj grał prawdę, a oto jego szansa, by znowu ją wyzwać.

Zawsze wybierała prawdę... i właśnie przyznała się, że dostała klapsa od swojego chłopaka i że jej się to podobało.

W ten sposób zamierzał zacząć spełniać swoje marzenie.

Wiedział, że prawdopodobnie nigdy więcej nie zagra z nim w tę grę, i prawie się wycofał, myśląc, że chce przestać, albo co gorsza, powiedzieć komuś w firmie, a potem swojej rodzinie.

Jednak musiał iść dalej.

Długo skrywane pragnienie sprawiło, że zaczął pisać.

Nie zdecydowała się na odwagę, ale on nadal pisał...

* * *

„Wyzywam cię, żebyś dała mi klapsa, Susy".

Gapiła się, nie mogąc uwierzyć w to, co czyta.

Zbliżyła się do niego, uwielbiała go i sposób, w jaki się o nią troszczył, i sprawiał, że czuła się tak wyjątkowa, prawie jakby był jej ojcem.

Być może znowu z nią żartował, nie wierząc w to, co powiedziała mu o ich randce poprzedniego wieczoru.

Jej umysł zawirował, gdy pomyślała o tym, jak to było być klapsem od swojego chłopaka i wierciła się na swoim krześle, gdy zdała sobie sprawę, że musi zareagować.

Wpatrywała się w ekran, okno wiadomości było przez chwilę puste, czekając na jej odpowiedź.

* * *

Zaczął wariować, ale wtedy zobaczył, że pisze.

Jej serce biło szybko i wpadła w panikę, zanim w końcu zobaczyła, co pisze.

"Tak jest."

Napisała szybko, zachęcając ją i jej szczęście do działania:

„Więc idź do mojego biura i zamknij drzwi. Kiedy wejdziesz do mojego biura, będziesz posłuszny każdemu mojemu poleceniu, położysz się na moich kolanach bez słowa i poddasz się laniu".

* * *

Zamrugała na jego odpowiedź.

Ta gra robiła się poważna, ale to była tylko gra, prawda?

Czy ją testował?

Czy powinienem się wycofać?

Oboje byli zdenerwowani i spięci z własnych powodów, przyklejeni do ekranu komputera.

Nie chciała być pierwszą, która się wycofa i sprawi, że będzie z niej kpił.

Ona napisała:

"Tak jest".

* * *

„W takim razie chodź do mojego biura, Susy, i zamknij drzwi".

Nie było odpowiedzi, ale wpadła do swojego biura i zamknęła drzwi jak przestraszony królik, z niedowierzaniem w to, na co właśnie się zgodziła, myśląc, że on wciąż się nią bawi.

Siedział pozornie beznamiętny, gdy jego ciało tęskniło za nią, widząc jej strach, zmieszanie i ciepło w jego oczach , które sprawiały, że kontynuowała.

„Moje okrążenie czeka"

Zrobiła krok do przodu, a on podniósł rękę, zatrzymując się w pół kroku.

- Zgodziłeś się być mi posłuszny, wchodząc do tego pokoju, prawda?

Wyraźnie się trzęsąc, szepnęła:

"Tak jest".

Wskazał na ziemię, ośmielając się, i warknął:

„Płacz w moją stronę".

Patrzył, jak emocje grają na jej twarzy, niechęć, strach, przerażenie, podniecenie i wreszcie uległość .

Wypuścił powietrze, które wstrzymywał, gdy patrzył, jak początek jej marzenia się spełnia, jej małe ciałko upada na kolana, a potem na ręce, gdy zaczyna się czołgać w jego stronę.

Na jej widok poczuł, jak jego członek drży.

W końcu była jego, choćby tylko na to popołudnie.

* * *

Nie mogła uwierzyć, że to robi, ten mężczyzna, którego znała przez całe życie, miał zamiar naprawdę dać jej klapsa.

Gra zaszła za daleko, ale dlaczego jej nie przerwał?

Uświadamia sobie, że tego chciała!

O Boże, czy ona go pragnęła?

Czy było z nią coś nie tak?

Dlaczego tak się czuł?

Jej oczy zatrzymały się na jego silnym ciele w jego wielkim fotelu, gdy stanęła na nogi i wśliznęła się jak wąż na jego kolana.

Wiedział, że to źle, ale nie mógł nic na to poradzić.

Bez słów, bez kłótni, bez pogłaskania jej za to, że jest grzeczną dziewczynką, ręka uderzyła ją siłą w pośladki, a ona pisnęła.

* * *

Spojrzał w dół na pięknego anioła czołgającego się w jego stronę, jego umysł błądził w najciemniejszych miejscach i musiał się cofnąć, tak młody i wrażliwy, że nie zdaje sobie sprawy ze swojej wartości.

Użył całej swojej siły woli, by pozostać niewzruszonym, gdy wśliznęła się na jego kolana, pewna, że czuje tę twardość w brzuchu, gdy unosi jej spódnicę, odsłaniając różowe stringi i podnosi rękę, by uderzyć ją z całej siły.

Jeśli tylko ten jeden raz sprawiało mu to przyjemność.

Zobacz, jak jej napięte mięśnie falują podczas ataku, a odciski dłoni świecą na czerwono na jej białej skórze.

Piszczy i sapie:

"Ohhhhh to jest to bolałoeeee ."

Piszczy i wykręca nogi, kopiąc, gdy on znowu daje jej głębokie klapsy.

* * *

Traci rachubę klapsów, gdy ból wypełnia jej małe ciało i ogrzewa ją.

Zauważa ciepło w jej małej cipce i wilgoć na jej udach, gdy ją klapsuje.

Zagubiona w swoim upale i potrzebie krzyku, małe łzy spływają jej po policzkach.

* * *

Jego ręka drętwieje, kiedy daje jej klapsa, delektując się napięciem twardych mięśni, jej krzykami i prośbami, by przestał go bić, kiedy maluje jej tyłek na jaskrawoczerwono.

Zatrzymuje się, gdy widzi ją mokrą między nogami, niewiarygodnie, jej małe ciałko szarpie się na jego kolanach.

* * *

Jej umysł skupił się na potędze tego mężczyzny, gdy sapała i piszczała.

Kiedy on nadal daje jej klapsy mocno i szybko, jej ciało przejmuje kontrolę, gdy jej umysł się kręci, czując ciepło i stłumioną potrzebę zbyt nieudolnego chłopaka i zatracając się w doznaniu, gdy spuszcza się, twardnieje i osiąga orgazm. nad jej udami tym prostym klapsem.

Czuje, jak zatrzymuje się i umiera w środku.

Przepełnia ją wstyd, gdy drży na jego kolanach, dysząc i szlochając.

Ciepło jej rumieńca wypełniło jej twarz, tak zakłopotana, jak mogła to zrobić?

* * *

Uśmiecha się, widząc jej twarz zaczerwienioną ze wstydu, trzymając ją w miejscu, wiedząc, że to jej chwila.

„Przez następny tydzień zostaniesz moim niewolnikiem. To będzie twoje królewskie zajęcie. Będziesz mi posłuszny we wszystkim, co rozkażę. idź do łazienki. Posiądę cię, a ty będziesz mi posłuszna. Pod koniec tygodnia znowu o tym porozmawiamy.

* * *

Leżąc na jego kolanach, czując orgazm jego klapsów, słucha jego słów.

To stwierdzenie, nie pytanie.

Zdaje sobie sprawę, że nie dano mu opcji.

Przechyla głowę ze wstydu, trzęsąc się po tym, co właśnie zrobiła.
A ona jęczy:
"Tak jest"